La Religieuse

FichesdeLecture.com

LA RELIGIEUSE (FICHE DE LECTURE)   4

I. INTRODUCTION

II. RÉSUMÉ DE L'ŒUVRE

III. PRÉSENTATION DES PROTAGONISTES

Suzanne Simonin

Sa famille

Madame de Moni

Sœur Christine

Sœur Ursule

Monsieur Manouri

La supérieure d'Arpajon

Père Lemoine

Dom Morel

IV. AXES DE LECTURE

Origine du projet

Une œuvre anticléricale

Aliénation, liberté

DANS LA MÊME COLLECTION EN NUMÉRIQUE   11

À PROPOS DE LA COLLECTION   15

La Religieuse
(Fiche de lecture)

I. INTRODUCTION

La Religieuse est un roman sous forme de mémoires écrit par Denis Diderot (1713-1784). Il paraît pour la première fois dans la *Correspondance littéraire* de 1780 à 1782, avant d'être publié en volume en 1796, chez Buisson.

II. RÉSUMÉ DE L'ŒUVRE

Le récit est fait sous la forme de manuscrits à destination du marquis de Croismare. Il est écrit par l'héroïne de l'histoire, la jeune Suzanne Simonin, au XVIIIe siècle.

Au tout début de l'ouvrage, Suzanne vit avec sa famille, qui se compose de ses parents et de deux sœurs. Mais la jeune femme est négligée par ses parents, qui lui préfèrent leurs autres enfants. Lorsque ces dernières sont en âge de se marier, on l'envoie au couvent pour des raisons en apparence financières : cela évite de diviser la dot en trois parts.

En réalité, Suzanne apprend que M.Simonin n'est pas son véritable père, et que sa mère veut expier sa faute en envoyant cette fille illégitime, preuve de son adultère passé, loin de ses yeux.

Suzanne sera obligée de prononcer ses vœux suite à son noviciat. Elle rencontre d'abord la supérieure Madame de Moni au couvent de Sainte-Marie à Longchamp. Elle devient sa préférée, et éprouve de l'amitié et du respect pour cette femme croyante et dévouée. Mais celle-ci décède et est remplacée par une nouvelle supérieure, la mère Sainte-Christine.

Cette dernière est bien différente de Mme de Moni, et beaucoup moins ouverte spirituellement. C'est le début d'une longue descente aux Enfers pour la jeune Suzanne. Elle affirme vouloir rompre ses vœux, ce qui met sa supérieure et la communauté en rage : dès lors, sœur Suzanne devient l'objet de nombreuses punitions, humiliations morales et physiques, et d'un harcèlement permanent. On la prive notamment de nourriture et de vêtements propres. Après avoir intenté un procès pour pouvoir briser ses vœux, Suzanne le perd et doit rester au couvent.

Suzanne n'a qu'une alliée fidèle, Sœur Ursule, mais elle meurt et la laisse seule. Suzanne tombe malade et met du temps à se remettre. Son avocat, Monsieur Manouri, prend pitié d'elle et parvient à la faire transférer au couvent de Sainte-Eutrope.

Après bien des épreuves personnelles, Suzanne finit par accorder le pardon à ses tortionnaires. Ces années de calvaire lui permettent de réfléchir en profondeur à la question de l'enfermement, des couvents, des cloîtres...

Arrivée à Sainte-Eutrope (dans la ville d'Arpajon), Suzanne Simonin rencontre sa nouvelle supérieure, qui va tenter par tous les moyens de séduire la jeune femme. Elle chérit et désire Suzanne très rapidement, elle qui avait déjà l'habitude des contacts physiques avec ses protégées.

Peu à peu, ces stratagèmes vont à la fois rendre folle la supérieure, mais aussi rendre jalouse l'ancienne sœur préférée de cette dernière, sœur Thérèse.

Suzanne ne veut pas céder et se confie au père Lemoine, son confesseur, qui lui interdit de fréquenter la supérieure, mais doit finalement quitter le couvent.

La supérieure de son côté se punit pour ses désirs, qu'elle juge coupables et incontrôlables. Frustrée par les refus de Suzanne, elle finit par mourir dans une crise de démence.

Un bénédictin, Dom Morel, remplace le père Lemoine : lui et l'héroïne comprennent dans leurs échanges qu'ils ont de nombreux points communs dans leur parcours et dans leur désir commun de quitter leur état.

Suzanne s'enfuit du couvent et se blesse. Elle vit dans la clandestinité, en tant que lingère à Paris. La vie y est dure mais elle est au moins : « mal nourrie, mal logée, mal couchée, mais en revanche traitée avec humanité".

Le roman s'achève alors qu'elle espère que son mémoire incitera le marquis de Croismare à venir la sauver.

III. PRÉSENTATION DES PROTAGONISTES

Suzanne Simonin

Suzanne est l'héroïne de l'œuvre de Diderot. Elle est très jeune pendant le déroulement des évènements puis de l'écriture, puisqu'elle a dix-neuf ans à la fin du récit. On sait d'elle qu'elle est bien plus belle et douce que ses deux sœurs. Elle a les cheveux longs et une corpulence fine. Elle a plusieurs dons, tels que la musique et le chant.

Du point de vue du caractère, Suzanne est gentille, indulgente et innocente. Cela est complété par une force de caractère peu commune, et une capacité de réflexion poussée sur sa propre situation. Dès le premier enfermement, elle tente de se révolter, de résister, refuse cet état qu'on lui impose.

Toutefois, ces qualités sont contrebalancées par une certaine naïveté qui lui joue parfois des tours.

Sa famille

Son père est avocat, riche et distant avec elle, et sa mère est une femme très croyante. Suzanne a également deux sœurs, que ses parents lui préfèrent.

Madame Simonin a eu Suzanne avec un autre homme que M. Simonin : c'est en raison de cette faute que la jeune enfant sera poussée vers le cloître.

Madame de Moni

Mère supérieure au couvent Sainte-Marie, Mme de Moni est une figure importante dans l'existence de Suzanne. Bien qu'elle aime toutes les sœurs de son couvent, de Moni a une préférence pour Suzanne.

Madame de Moni est une femme pieuse et sensée, intelligente, bonne et douce. Mais elle décède, ce qui bouleverse Suzanne.

Sœur Christine

Après le décès de Mme de Moni, sœur Christine prend sa place en tant que mère supérieure du couvent. Les deux femmes sont presque des opposés parfaits : Christine est mesquine, superstitieuse et cruelle. Elle va orchestrer les tortures de Suzanne.

Sœur Ursule

Dernière alliée de Suzanne alors que le couvent s'acharne contre elle, sœur Ursule est une religieuse douce et innocente, prête à aider son amie malade. D'ailleurs, elle est si empathique qu'elle décède de tristesse et d'inquiétude face à la maladie de son amie.

Monsieur Manouri

Avocat de Suzanne, il prend pitié d'elle et se bat pour qu'elle quitte le couvent. Il intervient grâce à l'intermédiaire d'Ursule. Le procès est perdu, mais Suzanne est transférée.

La supérieure d'Arpajon

Nous ne connaissons pas son nom. Mais nous apprenons d'elle qu'elle est petite, plutôt dodue, vive. Elle désire passionnément Suzanne et en mourra de tristesse et de démence. Le père Lemoine la comparera à « Satan ».

Père Lemoine

Il est le confesseur des religieuses du couvent Sainte-Eutrope. Il commande à Suzanne de s'éloigner de la mère supérieure. Puis il est renvoyé.

Dom Morel

Il remplace Lemoine. Mais tout comme Suzanne avec qui il a beaucoup de points communs, Morel veut quitter son état. Il l'incite à s'échapper à la fin de l'ouvrage.

IV. AXES DE LECTURE

Origine du projet

L'histoire de *La Religieuse* est à relier à deux faits : d'abord, elle serait inspirée de Marguerite Delamarre, une religieuse de Longchamp dont les salons littéraires parlent beaucoup en 1758, car elle luttait pour être libérée. Comme Suzanne dans le roman, enfant illégitime, elle avait été enfermée de force dans un cloître.

Mais surtout, il faut savoir que ce roman de Diderot provient d'un stratagème, d'un jeu pourrait-on dire, à destination du marquis de Croismare. À l'époque, ce dernier est en Normandie. Or les habitués du salon de Mme D'Epinay aimeraient qu'il revienne les voir. Ils imaginent alors l'écriture d'une correspondance d'une religieuse coincée dans un couvent qui lui demanderait son aide et sa protection… La correspondance fictive s'engage alors, puisque Diderot et ses amis se font passer pour la religieuse. Mais le marquis ne revient toujours pas à Paris ; il préfère inviter la jeune femme à le rejoindre.

Finalement, Diderot et son entourage veulent arrêter le jeu en annonçant le décès de la jeune femme. Mais Diderot décide de transformer toute l'histoire en roman et écrit à Mme d'Epinay : « Je vais à tire-d'aile. Ce n'est pas une lettre, c'est un livre… »

Une œuvre anticléricale

La Religieuse développe une critique très forte des institutions religieuses contraignantes et aliénantes pour l'individu. En 1780, Diderot déclare la chose suivante à propos de son roman : « Je ne crois pas qu'on ait jamais écrit une plus effrayante satire des couvents ».

Les éléments de dénonciation portent sur plusieurs points :

- sur le plan social, Diderot dénonce le fait que des enfants illégitimes doivent payer pour la faute de leurs pères, au nom du code moral de l'époque et pour des raisons de patrimoine.
- sur le plan religieux, le philosophe s'insurge contre des pratiques de couvent contraires à l'Évangile : « Quel besoin a l'Époux de tant de vierges folles » ?

Il dénonce alors la dégradation, la cruauté en huis clos, les violences de plusieurs types, les dérives vers le suicide et la folie.

Toutefois, l'œuvre n'est pas antichrétienne, loin de là. Suzanne est une croyante sincère, et c'est en réalité ce qu'il considère comme la véritable foi chrétienne que Diderot défend ici. Il s'attaque donc à la perversion des sentiments religieux purs par des institutions de privation. Cela peut surprendre de trouver certains passages particulièrement spirituels dans l'œuvre, de la part d'un auteur qui n'est pas connu pour cela. Mais Diderot se met ici dans la peau d'un romancier bien plus que dans celle du phi-losophe. Certaines erreurs sont toutefois perceptibles dans la structure narrative des évènements.

Aliénation, liberté

Diderot s'est intéressé à plusieurs formes d'aliénation dans son œuvre, en particulier l'aliénation sociale dans le *Neveu de Rameau.*

Ici, il se penche sur la question de l'aliénation physique : Suzanne le déclare elle-même, « j'ai été ce qu'on appelle physiquement aliénée ». Diderot montre que l'enfermement et l'isolement d'un être humain conduisent à le bouleverser tant physiquement que moralement. En découlent des phénomènes comme l'homosexualité de la mère supé-rieure, qui est décrite de manière clinique, ou encore les punitions cruelles du premier couvent. L'enfermement et ses conséquences sont pour Diderot la source de plusieurs troubles qui aliènent l'être humain.

Cela lui permet de subtilement faire l'apologie de la liberté humaine, qui selon lui est naturelle, en opposition à ces vœux religieux qui « heurtent la pente générale de la nature ».

Dans la même collection en numérique

Les Misérables
Le messager d'Athènes
Candide
L'Etranger
Rhinocéros
Antigone
Le père Goriot
La Peste
Balzac et la petite tailleuse chinoise
Le Roi Arthur
L'Avare
Pierre et Jean
L'Homme qui a séduit le soleil
Alcools
L'Affaire Caïus
La gloire de mon père
L'Ordinatueur
Le médecin malgré lui
La rivière à l'envers - Tomek
Le Journal d'Anne Frank
Le monde perdu
Le royaume de Kensuké
Un Sac De Billes
Baby-sitter blues
Le fantôme de maître Guillemin
Trois contes
Kamo, l'agence Babel
Le Garçon en pyjama rayé
Les Contemplations

Escadrille 80

Inconnu à cette adresse

La controverse de Valladolid

Les Vilains petits canards

Une partie de campagne

Cahier d'un retour au pays natal

Dora Bruder

L'Enfant et la rivière

Moderato Cantabile

Alice au pays des merveilles

Le faucon déniché

Une vie

Chronique des Indiens Guayaki

Je voudrais que quelqu'un m'attende quelque part

La nuit de Valognes

Œdipe

Disparition Programmée

Education européenne

L'auberge rouge

L'Illiade

Le voyage de Monsieur Perrichon

Lucrèce Borgia

Paul et Virginie

Ursule Mirouët

Discours sur les fondements de l'inégalité

L'adversaire

La petite Fadette

La prochaine fois

Le blé en herbe

Le Mystère de la Chambre Jaune

Les Hauts des Hurlevent

Les perses

Mondo et autres histoires

Vingt mille lieues sous les mers

99 francs

Arria Marcella

Chante Luna

Emile, ou de l'éducation

Histoires extraordinaires

L'homme invisible

La bibliothécaire

La cicatrice

La croix des pauvres

La fille du capitaine

Le Crime de l'Orient-Express

Le Faucon malté

Le hussard sur le toit

Le Livre dont vous êtes la victime

Les cinq écus de Bretagne

No pasarán, le jeu

Quand j'avais cinq ans je m'ai tué

Si tu veux être mon amie

Tristan et Iseult

Une bouteille dans la mer de Gaza

Cent ans de solitude

Contes à l'envers

Contes et nouvelles en vers

Dalva

Jean de Florette

L'homme qui voulait être heureux

L'île mystérieuse

La Dame aux camélias

La petite sirène

La planète des singes

La Religieuse

À propos de la collection

La série FichesdeLecture.com offre des contenus éducatifs aux étudiants et aux professeurs tels que : des résumés, des analyses littéraires, des questionnaires et des commentaires sur la littérature moderne et classique. Nos documents sont prévus comme des compléments à la lecture des oeuvres originales et aide les étudiants à comprendre la littérature.

Fondé en 2001, notre site FichesdeLectures.com s'est développé très rapidement et propose désormais plus de 2500 documents directement téléchargeables en ligne, devenant ainsi le premier site d'analyses littéraires en ligne de langue française.

FichesdeLecture est partenaire du Ministère de l'Education du Luxembourg depuis 2009.

Plus d'informations sur www.fichesdelecture.com

ISBN: 978-2-511-03024-0

Notes :